鬥嘴一班 ③⓪

人工智能大考驗

卓瑩 著

新雅文化事業有限公司
www.sunya.com.hk

目錄

人物介紹

高立民

班裏的高材生，為人熱心、孝順，身高是他的致命傷。

文樂心

（小辮子）

開朗熱情，好奇心強，但有點粗心大意，經常烏龍百出。

江小柔

文靜溫柔，善解人意，非常擅長繪畫。

胡直

籃球隊隊員，運動健將，只是學習成績總是不太好。

黃子祺

為人多嘴，愛搞怪，是讓人又愛又恨的搗蛋鬼。

周志明

個性機靈，觀察力強，但為人調皮，容易闖禍。

吳慧珠（珠珠）

個性豁達單純，是班裏的開心果，吃是她最愛的事。

謝海詩（海獅）

聰明伶俐，愛表現自己，是個好勝心強的小女皇。

第一章　真假爸爸

　　一個初秋的夜晚，黃子祺伏在桌前忙着做作業，清涼的晚風從窗外溜進來，輕拂着他的小臉蛋，把本已懶散的他哄得更昏昏欲眠。

　　「如此清爽的秋風，正是睡覺的好時光喲！」黃子祺打了個老大的呵欠，半張臉龐幾乎貼到書桌上去。

　　「不行，明天就得交作業啊！」僅餘的一絲理智令他勉強睜開眼皮，再次提筆欲寫，就在這時一陣嘰哩咕嚕的交談聲，從隔壁爸爸的書房裏傳來。

這時已經接近晚上十時，家中又沒有客人，爸爸是在跟誰說話？

黃子祺覺得這把聲音既熟悉又陌生，不禁疑惑地往爸爸的書房一探，卻只見爸爸獨個兒坐在書桌前對着電腦。

「怪了，書房內既沒客人，爸爸也不是在打電話，這些交談聲是從何而來？難道是我在做夢嗎？」黃子祺按捺不住好奇心，走進書房問道：「爸爸，你在跟誰說話？」

「我在跟一位神秘人聊天呢！」黃爸爸詭異地一笑。

黃子祺環視了書房一眼，有點摸不着頭腦地追問：「神秘人在哪兒？」

「它在這兒啊！」黃爸爸指着電腦。

黃子祺湊前看着電腦屏幕，只見屏幕上顯示的是一個黑白色的畫面，

左方是一列黑色的功能鍵，而右方則是一大片白色的對話框。

「這是什麼？」黃子祺半瞇着眼睛問道。

黃爸爸呵呵一笑：「這是最新推出的人工智能聊天程式，功能十分強大，任何問題都能為你解答。」

他指着對話框內的一段文字，興致勃勃地介紹道：「你看，剛才我只把中秋節綵燈展的資料提供給它，它便能在眨眼之間，替我完成一則新聞特稿！」

「真的假的？」黃子祺凝目一

看，見到那段綵燈展資料的下方，果然有一篇十分詳盡的新聞稿。

「不僅如此呢！」黃爸爸輕笑一聲，點開另一個網站連結。

「如果我將這篇稿子，連同我的聲音及照片檔案，上載到這個專門製作影片的智能網站當中，一段完整的新聞影片便可以自動生成呢！」黃爸爸一邊說一邊把稿子、照片和聲音等檔案，一股腦兒上載到影片網站，然後按動開始鍵。

不過三兩分鐘，影片便製作完成。

黃爸爸獻寶似地朝黃子祺一眨眼睛，故弄玄虛地笑道：「噔噔噔，新聞影片來了！」

　　播放鍵一經啟動，屏幕上立刻出現了黃爸爸的樣子。

　　黃爸爸正一本正經地面對着鏡頭，把剛才的新聞稿流暢地唸出來。

今早七時，
在九龍……

影片中的他，無論臉部表情還是説話的聲線，都跟他在電視上播報新聞時一般無異。

不過黃子祺心裏明白，這只是人工智能網站，利用爸爸的頭像和聲音檔案製作出來的假爸爸。

唷，真的能以
假亂真啊！

　　「唷，真的能以假亂真啊！」親
眼見證了人工智能的威力，黃子祺驚
歎連連。

　　黃爸爸搖頭糾正道：「影片畢
竟是由電腦生成，人物的神態比起真
人，少了幾分自然感，只要仔細察
看，還是能分出真偽的！」

　　雖然如此，但黃子祺已被眼前這
個假爸爸震撼住，當天晚上睡覺時，

還夢見影片中的假爸爸跟他對話呢！

第二天一覺醒來，黃子祺才記起昨夜的功課尚未完成，只好急匆匆地跑回學校，希望能爭取時間趕工。

他邊做邊懊惱地托着頭，喃喃自語道：「如果能使用人工智能程式，幾秒鐘之內就能完成啦！」

鄰桌的周志明一聽，「咭咭咭」的取笑道：「別癡人說夢了，哪有這麼好的事？」

「嘿，誰說沒有？」黃子祺立刻起勁地吹噓起來，「最近市面上推出了一款強勁的人工智能聊天程式，只

要輸入適當的資料及指令，它就能自動寫出完整的新聞稿子呢！」

周志明翻了翻白眼道：「別吹牛了，這樣的大話誰會相信？」

黃子祺見他不信，於是又再補上一句：「是真的，我爸爸還利用它製作了一段新聞影片，影片中的他，無論表情和動作都跟他本人一模一樣呢！」

坐在旁邊的謝海詩瞄了瞄他桌上的作業，沒好氣地笑道：「如果真有如此強勁的程式，你還會像現在這樣狼狽嗎？」

周志明、高立民和胡直等同學聞言，都哈哈大笑起來。

　　黃子祺頓時為之氣結，也懶得再跟他們爭辯，只鼓着氣低聲咕嚕：「哼，你們這些井底之蛙，不信就算了！」

第二章 出盡風頭

這天上電腦課時,一位戴着方形眼鏡的男子走了進來,坐在電腦室內的同學正感疑惑,他已率先笑著介紹道:「大家好,我是專門教授有關人工智能課程的秦老師。」

他語氣一頓,接着歪頭笑問:「你們知道什麼是人工智能嗎?」

高立民搶着回答道:「人工智能就是指一種由人類創造出來的機器,它擁有一定程度的分析和學習能力,能執行一些複雜的任務。」

「很好！」秦老師點了點頭，「那麼在你們眼中，人工智能可以執行什麼任務呢？」

文樂心眨了眨眼睛，撓着辮子問道：「家中的掃地機械人算不算？」

高立民搖搖頭取笑道：「小辮子你真落伍，這已經不是新鮮事啦，我

也不時在食店內碰見負責送餐的機械人啊！」

「這也不算什麼，我還在博物館內見過有機械人擔任導賞員呢！」謝海詩也不甘落後地插嘴。

「大家都說得對，它們都是人工智能的一種！」秦老師賣關子地一

笑，「不過，最近有一款功能更強大的智能程式，只要提供簡單的指令，便可以在極短的時間內，執行複雜的文字創作、語言翻譯和時間規劃等工作。」

黃子祺目光一亮，即時舉手答道：「我知道，這是人工智能聊天機械人程式！」

「不錯啊，證明你有留意科技資訊呢！」秦老師欣喜地一笑，然後又故作神秘地問道：「你們覺得這個程式會是什麼樣子的？」

吳慧珠充滿期待地說：「我相信

版面設計一定會很時尚！」

　　幻想力豐富的江小柔則猜道：
「是科幻式的設計風格嗎？」

　　然而，當秦老師啟動這個程式
後，呈現在大家眼前的，就只有一個

黑白二色的對話框，別說設計會有多時尚了，就連普通花紋圖案也沒有一個。

吳慧珠不禁大失所望：「不是吧？功能如此強大的程式，怎麼版面設計會如此簡陋？」

「外表不是重點，功能才是它的賣點啊！」謝海詩聳了聳肩。

「我倒要看看它到底有多麼強大！」吳慧珠不服氣地走上前，敲着鍵盤向程式提問道：「哪種花最能夠代表香港？」

幾乎就在珠珠按下輸入鍵的同一

秒鐘，對話框已顯現出詳盡的答案：
「最能夠代表香港的花當是洋紫荊，
它是豆科羊蹄甲屬的有花植物，屬於
常綠喬木，有五片紫紅色的花瓣，花
瓣上方有深紫紅色條紋，於 1965 年
被選定為香港市花，並於 1997 年香
港回歸中國後，作為香港特別行政區
區徽……」

看到這一大串文字，吳慧珠頓時
頭暈目眩，投降地一拍額頭：「噢，
答案比課本描述得還要詳盡呢！」

江小柔卻大感惋惜地道：「可惜
只限於文字書寫，如果它也懂得繪畫

就好了！」

黃子祺一聽，立即「嘿」的一聲笑道：「誰說它只能書寫？我不是告訴過大家，我爸爸曾經利用它來製作影片嗎？」

周志明這才恍然大悟：「原來你之前說的程式，就是這個啊！」

黃子祺昂起鼻頭，得意地笑道：「沒錯！」

秦老師見黃子祺懂得這麼多，讚許地笑着補充道：「黃子祺說得對，只要配合其他智能程式，無論是繪畫還是製作影片，它都絕對能夠勝任

啊！」

　　文樂心和江小柔驚喜萬分，忙異口同聲地問道：「秦老師，你能教我們用它來作畫嗎？」

　　「好的，那麼今天就讓我們上一堂美術課吧！」秦老師幽默地一笑，隨即按動鍵盤，開始在對話框內輸入文字。

　　「假設我們要製作一張生日卡，那麼第一步要做的，就是把心目中的構圖、風格及使用哪種顏料等資料告訴程式，先讓它把資料整合成一段完整的文字。」

秦老師敲打着鍵盤，把「生日蛋糕」、「可愛的小女孩」和「掛滿繽紛裝飾的派對房間」等元素輸入程式。

　　他一邊輸入指令一邊解説：「當資料整理好後，我們可以再請聊天程式，把文字翻譯成帶有美術專業名詞的英語，然後複製到以英語為媒介的

繪畫程式上。」

　　完成以上兩個步驟後，秦老師再點開那個人工智能繪畫網站，詳細介紹道：「繪畫程式內已預設了多款不同繪畫風格的模版，初學者只要選擇喜歡的風格，再將剛才那段英語譯文

複製過去，程式便會按指示作畫。」

　　秦老師選了一個可愛的卡通風格模版後，便按動開始鍵。

　　片刻之間，一幅卡通風格的生日卡畫作在屏幕上顯現。

　　「好漂亮啊！」江小柔驚訝地讚歎。

好漂亮啊！

好啊！

　　文樂心興味盎然地提議：「小柔，不如我們畫一幅海底世界吧！」

　　「好啊！」喜歡繪畫的小柔自然不會拒絕，立刻參照秦老師的方法輸入指令。

但不知怎的，程式畫出來的海洋生物，不是頭大身小的怪魚，就是張牙舞爪的巨型大螃蟹，全部都怪模怪

樣。

高立民笑彎了腰：「你們是在畫神怪小說中的水妖嗎？」

文樂心瞪他一眼，立時反擊道：「你才是水妖！」

江小柔則一臉無奈地望着屏幕：「我們分明是按照秦老師的步驟做的，為什麼會這樣啊？」

就在這時，黃子祺大步流星地走過來，把她們的指令略微修正，一張七彩繽紛的海底世界便呈現眼前。

文樂心和江小柔都十分驚喜：「黃子祺，你很屬害啊！」

第三章　秘密武器

全靠黃爸爸預先為黃子祺上了一課，只學了一招半式的他，便足以在同學面前賣弄，讓他大大地出了一番風頭。

然而，電腦其實並非他的專長。

到了下一節課，當秦老師取出一塊黑色的小型電路板，教大家如何使用程式編碼來操作時，他便聽得一陣暈頭轉向。

　　秦老師指着電腦屏幕上的編程畫面，細心地解說着編程的步驟，同學們都很專心地聆聽，只有黃子祺不知何時竟打起瞌睡來。

秦老師不滿地一皺眉頭，走上前
輕叩他的桌子，問道：「黃子祺，要

在小型電路板上製作煙花動畫，第一個步驟是什麼？」

　　黃子祺這才猛然驚醒過來，睜着一雙迷惘的眼睛望着秦老師。

　　鄰桌的周志明見他一副呆滯的樣子，忍不住「咭」的一聲笑了出來。

「第一個步驟是⋯⋯」黃子祺支吾了半天，也説不出一句話來。

秦老師不禁心中有氣，一臉嚴厲地要求道：「請你回家複習今天的筆記，然後把製作煙花動畫的程式編碼完整地寫下來，明天交給我。」

下午放學回家後，黃子祺一想起秦老師專門為他布置的「作業」，便懊惱萬分，使勁地把頭髮搔得像個海膽，連聲歎氣道：「我完全不明白，教我怎麼做嘛！」

他把手上的電腦筆記翻來覆去好幾回，突然靈機一動：「爸爸的人

工智能聊天程式，不知能否幫得上忙

呢？」

　　一念及此，他立馬走進爸爸的

房間，開啟電腦內的人工智能聊天程

式，向它提問道：「我是一名小學生，我想利用程式編碼，在一塊小型電路板上製作煙花動畫，請問具體的步驟及編碼是什麼？」

不消一刻，對話框便出現了十分詳細的回覆：

你可以按照以下步驟進行：

第一步： 在「啟動」鍵下方點開「重複」鍵，然後按需要加入數個「顯示指示燈」的指令，每個指示燈指令，代表一個煙火圖案。

第二步： 用滑鼠分別在每個指示燈內，繪製不同的煙火圖案。

第三步： 在最後一個「顯示指示燈」指令的下方，加上「清空」和「暫停鍵」。

第四步： 把電路板與電腦連接起來，將以上的編碼傳輸到電路板上。

當黃子祺
按照聊天程式
的指示完成連
串動作後，他
剛才隨意設定

的煙火圖案，即時於左邊的預覽功能
上顯現出來。

　　「真的出現煙花圖案啊！」黃子
祺驚喜過望，立刻取出作業簿，把這
組編碼全部抄寫下來。

隔天下午，當秦老師接過他的作業一看，登時臉露詫異之色。

　　黃子祺上課時沒有留心聽講，他原以為他的作業必定會做得一塌糊塗，沒想到竟然能一字不差地把步驟寫出來，其中還多出一些他在課堂上沒有提及過的功能。

　　他皺着眉問道：「『清空』和『暫停』這兩個功能鍵我還沒教，你是怎麼知道的？」

　　黃子祺剎時心頭一驚，一時竟不知該怎麼回答才好。

第四章　得意忘形

　　猛然被秦老師質問，黃子祺心虛
極了，慌亂之下只好隨便撒了個謊，
希望能搪塞過去：「是謝海詩教我做
的。」

謝海詩向來都品學兼優，秦老師一聽到她的名字，便釋疑地笑着點頭打趣道：「原來是有高人指點，怪不得！」

黃子祺見老師沒有再追究下去，鬆了一口氣之餘，心中不免自鳴得意：「嘻嘻，沒想到可以輕易過關呢！」

回到教室後，他把作業簿往周志明跟前一揚，示威地說道：「你看，

我的作業拿到滿分呢！」

　　周志明把作業取來一看，詫異得
張大了嘴巴：「怎麼你一下子就全弄
懂了？」

　　高立民和胡直同樣十分驚訝：
「兄弟，你這是真人不露相啊！」

文樂心更是自愧不如，滿臉羨慕地說：「如果我能有你一半的聰明就好了！」

黃子祺見自己不但能瞞天過海，還得到眾多同學的讚譽，簡直是樂開懷，不由得暗笑：「有了這款程式作秘密武器，以後無論做什麼都無往不利啦！」

在接下來的日子，黃子祺不時利用程式做功課，把省下來的時間都用在玩樂上。

臨近聖誕節前的最後一節課，徐老師向大家宣布道：「在聖誕節期間，

請大家至少閱讀一本圖書，把你的讀後感記下來，假期結束後，我會邀請大家在課堂上分享啊！」

「不是吧？怎麼放假還得做作業啊！」老師離開後，同學們一邊收拾書包，一邊不滿地嘟噥，唯獨黃子祺一臉毫不在意的樣子。

當大家背着書包預備離開時，高立民回頭向胡直、文樂心、江小柔和吳慧珠提議道：「不如我們現在去圖書館借書，回家後便可以開始閱讀了！」

「好主意啊！」他們都連聲附

和。

　　黃子祺剛好背着書包經過，吳慧珠出言相邀道：「黃子祺，你要跟我們一起去嗎？」

　　「不了，我趕着回家收看正在熱播的卡通片呢！」黃子祺頭也不回地說。

　　江小柔訝異地問：「你不借書如何做作業啊？」

　　他沒有回答，只故作神秘地歪着嘴角笑道：「天機不可洩露啊！」

這個聖誕節假期，黃子祺果然玩得十分盡興，不是跟父母到外地旅遊，就是約了朋友到處遊玩，再不然

便是懶洋洋地窩在家中打遊戲機，完全沒有要開始做假期作業的想法。

　　直至假期結束前的最後一天，他才十分從容地走進爸爸的書房，向電腦內的人工智能聊天程式逐一提問，然後把程式提供的答案全盤抄進作業簿內。

　　他邊抄還邊沾沾自喜地說：「有了這個小老師幫忙，還怕有什麼資料找不着？嘿嘿！」

第五章　最厲害的騙子

　　一個星期後的中文課，徐老師捧着一大疊作業簿走進來，微笑着向大家說道：「這次的閱讀報告，大家的表現都很不錯，特別是黃子祺，他對於來自英國的經典故事《獅子、女巫、魔衣櫥》有着很特別的感受。」

　　徐老師語氣一頓，回頭朝黃子祺鼓勵地一笑，朗聲地邀請道：「這個故事的情節十分豐富，不如請黃子祺同學親自為我們介紹一下，好嗎？」

　　「好啊！」大家都熱情地鼓掌。

黃子祺心知不妙：「糟了，我只利用程式做報告，從來沒有真正讀過書，教我怎麼分享嘛！」

　　黃子祺搔着頭絞盡腦汁，想隨便胡扯一通便矇混過去。

然而，班上數十雙眼睛同時盯着自己，黃子祺心裏有些發毛，腦海頓時變得一片空白，別說故事內容了，就連主角的名字也想不起來。

黃子祺知道無法再隱瞞下去，只好硬着頭皮向徐老師坦白地說：「對不起，徐老師，其實我並沒有看過圖書，我只是利用人工智能聊天程式幫忙做作業的。」

他此話一出，班內頓時一片嘩然。

而徐老師則先是錯愕，繼而臉色一暗，既氣惱又難過地說：「我讓大

家做閱讀報告，是希望你們能善用假期，好好培養對閱讀的興趣，以便打好語文基礎，你們交來的作業，我都是逐一用心批改的。」

她語氣一頓，轉而瞪着黃子祺道：「我怎麼也沒想到，你居然使用人工智能來敷衍了事，真枉費我的一番苦心！」

説到此處，徐老師難過得紅了眼睛，再也説不出話來。

黃子祺見徐老師如此生氣，登時害怕得哭了起來，一邊拭着淚一邊哽咽着連聲認錯：「徐老師，對不起，

我真的知錯了，請你原諒我好嗎？」

　　徐老師見他這個樣子，相信他已明白自己的錯誤，才深深地吸了一口氣，勉強收拾心情道：「先進的科技固然能為我們帶來方便，提升生活質素，但我們在享受這種便利的同時，亦應有義務以誠實的態度去善用它們，否則便很有可能為人類帶來不可估量的災難。往後你們必須有老師或長輩在場，才可以使用這個程式，知道嗎？」

　　黃子祺和其他同學連大氣都不敢喘，只一個勁地點頭表示明白。

等到下課鈴聲響起，同學們目送着徐老師遠去的身影，繃緊的神經才總算放鬆下來。

周志明狠狠地瞪了黃子祺一眼，輕哼一聲道：「我還以為你有多厲害，誰知原來都是騙人的！」

黃子祺頓時臉紅耳赤，滿臉羞愧地說：「對不起，我不是故意要欺騙大家，只因我有很多作業都不會做，為怕會被大家取笑，才出此下策的！」

「嘿！」高立民一點也不買帳，冷笑着道：「向來好脾氣的徐老師

也被你氣成這樣，你的本領可真不小！」

文樂心也猶有餘悸地吐了吐舌頭道：「我還是第一次見徐老師如此生氣呢！」

想起剛才徐老師難過的樣子，江小柔有些感同身受地說：「徐老師一定對我們很失望吧？」

一時間，同學們都怨聲載道：「對啊，都是因為某些人不守規矩，破壞了我們班在徐老師心目中的形象呢！」

聽着同學們你一言我一語的冷嘲

熱諷，黃子祺感到一雙臉頰在火辣辣的發燙，心中既慚愧又難堪。

一種無地自容的感覺，令他只想逃離這個地方，逃離眼前的一切。

霎時間，他「嚯」的一聲跳起身來，在同學們帶刺的目光下，衝出教

室。

　　看着黃子祺狼狽的背影，文樂心
有些不忍，不由地反思起來：「他雖
然做得不對，但他已經知錯，也誠懇
地道歉了，我們仍然咄咄逼人地對他
冷言冷語，會不會有些過分？」

第六章　會走路的怪物

　　自此以後，為了躲避同學們灼灼
的目光，黃子祺每天午休時都刻意往
外跑，或到圖書館做功課；或坐在操
場的樹蔭下看別的同學打籃球；或在

校園內到處晃悠，也不願意留在教室內。

　　這天下午，當他如常地來到操場時，鄰班的張佩兒、張浩生和許立德等人，正蹲在地上擺弄着一個造型古怪，全身都是以紙張、膠水瓶、電

路板及電線等物料堆砌而成的「怪物」。

　　黃子祺湊上前，好奇地問道：「這個車不像車、人不像人的『怪物』，是什麼東西？」

　　「什麼怪物？」張浩生回頭白他

一眼，傲然地說道：「這可是我們最新設計的機械人呢！」

　　「對啊，它還會走路，你看！」張佩兒倒是熱情地向黃子祺介紹，還立刻按動手中的電子控板，想要示範給他看。

她剛扭動控板，那個「怪物」便真的開始向前走，並隨着她扭動不同的方向，它的步子也隨之變動。

　　黃子祺看得躍躍欲試，忍不住問道：「可以讓我試試嗎？」

　　「可以呀！」張佩兒大方地把控板交給他。

　　接過控板後，黃子祺便依樣畫葫蘆地扭動按鈕，時而向左扭，時而向右扭。

　　張浩生見他把機械人弄得團團轉，頓時心疼不已，忙趕緊上前把控板一手奪回，緊張兮兮地說道：「你

這樣會弄壞機械人的！」

　　許立德也趕緊附和道：「對啊，它可不是普通的遙控玩具，而是我們參賽的作品，你要玩就自己弄一個吧！」

　　「參加什麼比賽？」黃子祺一怔。

參加什麼比賽？

「就是機械人設計代表隊選拔賽啊！參賽隊伍必須於下周前把參賽作品交給秦老師，表現最優秀的隊伍，可以代表學校參加兩個月後的聯校機械人設計大賽呢！」張佩兒有些詫異地望了他一眼，反問道：「我們班很多人已經報名了，你們班不知道嗎？」

為了捍衛自己班的名聲，黃子祺自然不能在他們面前失威，趕緊一昂首道：「怎麼可能？我早就報名了啦！」

張浩生聞言一變臉色，馬上用

身子擋住機械人，不客氣地向他下逐客令：「你快走，不許偷看我們的作品！」

不許偷看！

「不看就不看，有什麼了不起，我設計的機械人，一定比你們的厲害得多！」黃子祺氣呼呼地回嘴。

張浩生和許立德似乎看穿他只是
裝腔作勢，只不屑地嗤笑一聲，直接
向他提出挑戰：「那麼我們賽場上見，
不見不散啊！」

　　眼見他們一副瞧不起人的樣子，
黃子祺剎時血氣上湧，來不及多想便
一拍胸膛地答應道：「好呀，屆時我
們一決高下！」

　　黃子祺興沖沖地跑回教室，剛好
見到高立民、胡直和周志明圍坐在一
起聊天，於是立刻衝上前告訴他們：
「唏，原來下星期是聯校機械人設計
代表隊選拔賽呢，不如我們一起參加

吧！」

高立民只冷冷地瞟了他一眼，便又低下頭繼續跟胡直聊天。

周志明則語氣淡淡地說道：「抱歉，我們已經組成一隊了！」

胡直倒是友善地朝他一笑：「我們正在開會，商討該採用什麼主題參賽呢！」

他們說完後，便回頭繼續開會，沒有再搭理他。

原本情緒高漲的黃子祺，一下子涼了半截。

坐在旁邊的文樂心見他一副落寞

的樣子，心中大是不忍，禁不住朝江小柔有默契地對視一眼，來到他身邊問道：「你真的很想參加機械人設計比賽嗎？」

黃子祺立刻點了點頭，但接着又搖了搖頭，苦笑着說：「可惜沒人願意跟我同組呢！」

「我們和你一組吧！」身後的江小柔笑着插嘴。

黃子祺驚訝地回頭，還未及反應，文樂心又朝他一眨眼睛笑道：「不過你得答應我們，從今以後都要做一個誠實的孩子，不可再利用人工智能

程式做作業啊！」

　　難得她們願意接納自己，黃子祺
笑逐顏開，忙不迭地舉起三根指頭作
發誓狀，以表決心：「我保證以後都
不會再說謊了！」

我保證以後都
不會再說謊了！

第七章　最棒的閱讀助理

距離選拔賽的截止日期就只有數天，文樂心、江小柔和黃子祺不敢怠慢，當天放學後便相約到圖書館，尋找有關製作機械人的圖書。

咦！

他們剛跨進圖書館，便發現借書處旁邊的牆上，不知何時多出一台一米多高的電腦屏幕。

文樂心輕「咦」了一聲：「這是什麼？」

管理圖書館的何老師向他們介紹道：「它叫佳佳，是你們的圖書館助理員，它可以透過人工智能程式，幫助大家尋找心目中的書籍。」

何老師往屏幕上輕輕一點，一個對話框立刻彈了出來。

她隨即在對話框內輸入「美術類圖書，學摺紙，適合八至十歲兒童」等關鍵詞語。

不消片刻，對話框內已迅速羅列出十多本跟摺紙相關的圖書，當中不但包含了書本的內容簡介，還清晰地顯示了圖書編號及位置。

「佳佳還會牢牢地記住每位同學的借閱清單，以便日後可以按照同學的喜好，為大家推薦合適的書籍呢！」何老師熱情地介紹道。

雖然並非第一次見識人工智能程式的威力，但文樂心仍然禁不住讚道：「佳佳真棒，它簡直就是我們每個人的私人閱讀助理呢！」

經過上次的教訓，黃子祺對人工智能有些抗拒，刻意站得遠遠地擺了擺手道：「我還是自己找好了！」然後一個轉身，便往前方的書架羣走去。

文樂心卻一手拉住了他：「佳佳

只是協助我們尋找書本，又不是違法亂紀，怕什麼？」

「沒錯！唯有懂得善用科技，我們才是科技的主人呢！」江小柔笑着道。

如此這般，在佳佳的協助下，他們三兩下子便找出數本合適的圖書。

黃子祺打開書本一看，只見密密麻麻全是編碼程式，頓時眉頭一皺：「我一看到編碼就頭昏腦脹了！」

文樂心嘻嘻一笑：「不怕，這正好是我的強項，我來教你！」

江小柔也趕緊道：「我擅長做

手工，機械人的外形製作就交給我
吧！」

「好，那麼我就負責整體的概念
及設計吧！」黃子祺高興地接腔。

他們圍坐在一張書桌前，開始一
邊翻閱書本，一邊小聲地討論起來。

文樂心托着頭道：「我們該設計一個怎麼樣的機械人呢？」

江小柔雀躍地想道：「我希望它的功能，是在日常生活中可以應用的，如果能協助媽媽做家務，那就更好了！」

黃子祺搖着頭失笑地說：「拜託，現今掃拖兩用的機械人已經相當普及，洗衣服有洗衣機，洗碗又有洗碗碟機，唯獨欠了一個會買菜做飯的機械人而已啊！」

「這倒是真的！」江小柔嘻嘻一笑。

　　就在這時，寧靜的圖書館忽然傳來「啪」的一聲響，把所有人都嚇了一大跳。

　　大家急忙回頭一看，發現原來是何老師正捧着一大堆圖書，預備要把它們放回書架，其中一本書卻從中滑

了出來。

　　黃子祺等三人見狀，立刻趕上前幫忙。「圖書真的有點重，謝謝你們呢！」何老師微笑着點點頭。

黃子祺霎時靈光一閃，有些亢奮地喊道：「我想到可以製作什麼樣的機械人了！」

　　文樂心和江小柔也瞬間會意，異口同聲地說：「是運輸機械人！」

第八章　真金不怕火煉

　　三人有了共識後，便把相關的書籍借回家熟讀，然後開始分工合作，由黃子祺負責設計、文樂心負責編程、江小柔負責組裝，每人各司其職。

　　完成初步的設計後，黃子祺拿着設計圖跟文樂心和江小柔討論：「由於機械人的功能是運載重物，講究的是結實和耐重，故此我把外形設計成盒子的形狀，前方則微微往下傾斜，以便把重物卸下。」

他頓了頓又接着說道：「至於用料方面，我打算採用被廢棄的物料，一則節省成本，二則又能帶出環保的訊息，一舉兩得！」

江小柔沉吟了一下道：「我們以承載書本為目標，採用的物料必定要厚實穩固，我建議可以使用較硬的卡紙或膠板！」

確定了基本設計及物料後，大家便都各自分頭行事。

江小柔回家翻箱倒櫃地找硬卡紙，文樂心負責集齊膠水、剪刀、電線膠帶等工具，而黃子祺則負責找秦

老師商借電路板、馬達及電線等零件。

當所有物料都收集齊全後，他們便合力將江小柔找回來的一個硬紙箱拆開，重新改裝成長方形的模樣，並在四周安裝電路板、馬達等零件，最後再配上四個車輪，機械人的模樣就出來了。

這天午休的時候，當文樂心完成了最後的編程，他們便帶着機械人來到圖書館，想要實地試驗一下。

文樂心信心滿滿地邀請何老師道：「請您把書本放上去試試看！」

　　何老師見他們如此用心，便配合
地把數本書放進長方形的紙箱裏去。

　　文樂心一按動手上的電子控板，
機械人便緩緩地向着前方走去，一直

來到轉角處的黃子祺身前。

　　黃子祺取起書本，得意地朝何老師揮着手。

　　「太好了，機械人真的完成任務啊！」何老師開心地拍掌。

　　經過多次反覆的試驗後，文樂心、江小柔和黃子祺便將運輸機械人，交給秦老師作評審。

數天後的電腦課堂上，秦老師向大家宣布結果。

　　文樂心、江小柔和黃子祺製作的運輸機械人竟然得分最高，成功獲選為學校代表，參加聯校機械人大賽。

　　「太好了！」三人都喜出望外。

　　然而，他們高興不了多久，陣陣不滿的抗議聲便此起彼落：「居然是黃子祺啊？」、「他不是電腦盲嗎？

怎麼可能～

又是找人工智能？

怎麼會是冠軍？」

　　高立民交叉着雙手，一臉狐疑地猜度着：「黃子祺不是對電腦編程一竅不通嗎？怎麼忽然就懂得製作機械人了？」

　　「該不會又是找人工智能程式來幫忙吧？」周志明壞壞地一笑。

　　胡直聽了，也不管真假便直嚷嚷：「哎呀，這對我們這些參加者太不公平了吧？」

黃子祺聽到大家的猜疑，忍不住開口為自己辯護：「我沒有使用人工智能程式，你們別冤枉我！」

文樂心和江小柔當即為他發聲道：「機械人是我們跟他一起製作的，我們可以證明他絕對沒有作弊！」

他絕對沒有作弊！

謝海詩是班中最理性的一個，沉吟着分析道：「我也覺得他應該沒有，否則秦老師一定會發現的。」

只可惜其他同學對黃子祺早有偏見，對於他們的解釋完全聽不進去。

秦老師見大家對賽果如此不滿，也沒有多説什麼，只望着黃子祺問道：「你有信心接受挑戰嗎？」

真金不怕火煉，
　　我怕什麼！

　　黃子祺拍拍胸膛，一副慷慨激昂
的樣子道：「真金不怕火煉，我怕什
麼！」

　　「好！」秦老師欣慰地一笑，回
頭對大家宣布道：「為了公平起見，
我們便來一場複賽吧！」

 第九章　總有一天感動你

第二天中午，秦老師把最後入圍的三組同學，召集到操場來。

他們分別是高立民、胡直和周志明的甲組，鄰班的張佩兒、張浩生和許立德的乙組，與文樂心、江小柔和黃子祺的丙組。

高立民、胡直和周志明設計的機械人是一輛用畫紙及竹枝拼湊而成的跑車，跑車表面漆上各種繽紛的圖案，車頭還像模像樣地貼上車牌作裝飾。

至於張佩兒、張浩生和許立德的機械人，雖然仍然是以紙張及膠水瓶為物料，但比起之前在操場上時講究得多，外形是一個纖巧的公主娃娃，娃娃身上貼滿各種閃亮的裝飾，十分耀眼。

黃子祺的紙箱造型跟他們比起來，立時遜色不少。

張浩生歪着嘴角笑道：「這個做工既簡陋又粗糙的東西，算什麼機械人？根本就是手推車嘛！」

「對啊，醜死了，它憑什麼得分最高？分明是作弊啦！」許立德輕哼

一聲。

　　高立民、胡直和周志明雖然也認同他們的話，但礙於看不慣二人自大的嘴臉，故此都只是冷眼旁觀，並沒有落井下石。

　　這時，秦老師指着操場上一個用木板及繩子布置的跑道，詳細地向大家解說道：「這次的複賽，你們的機械人要過三關。首先穿過一個小迷宮，然後走過一條曲折的賽道，爬上一個小斜坡後，再順道把堵在斜坡下的一個膠水瓶推到終點，才算是完成任務。」

「這也不難嘛！」大家都自信滿滿。

在秦老師一聲令下，甲組的七彩跑車首先出場。

負責操控的高立民手法十分純熟，很快便穿過迷宮和賽道，從斜坡

上直衝下來時也勁度十足，不過也許就是衝力過猛，車子直接把膠水瓶撞離了賽道，無法把水瓶送到終點。

　　「哎呀！」高立民、胡直和周志明都大失所望。

接下來是乙組的張佩兒，她控制着體形纖巧的公主娃娃，以極為靈巧的身手在迷宮和賽道上左穿右插，但爬斜坡時馬力似乎有點不足，試了好幾遍都不成功，最後還失去平衡，從斜坡上翻滾了下來，摔成了好幾塊。

「噢，我的公主娃娃
啊！」張佩兒傷心地驚叫。

終於輪到丙組出場，手推車在
黃子祺的操控下，不徐不疾地走在迷
宮之中，速度雖不快，但也走得很流
暢，當它從斜坡上衝下來時，斜斜向

下彎的車頭，恰好把膠水瓶輕輕托起，終於把瓶子順利送到終點。

「耶，我們完成了！」黃子祺、文樂心和江小柔高興得互相擊掌。

當秦老師宣布丙組勝出時，沒有人再有異議，但同學們對於黃子祺始終心存芥蒂，不太願意理會他。

「別灰心，只要做好自己，總有一天會感動他們的！」文樂心輕拍他的肩膊。

江小柔也朝他鼓勵地一笑：「加油！」

「嗯！」黃子祺使勁地點頭，滿心感激地說：「心心，小柔，謝謝你們啊！」

第十章　全力備戰

　　這天放學後，黃子祺、文樂心和江小柔來到電腦室，參加秦老師特意為他們而設的賽前機械人訓練課。

　　剛進入電腦室，他們便見到桌上放滿各種電腦組件，包括不同大小的電路板、電線、車輪以及其他不知名的組件。

　　秦老師來到桌前，開始詳細地向他們解說：「這次比賽的項目分為兩部分，分別是指定賽道速度賽及迷宮避障賽，形式就跟上次複賽時差不

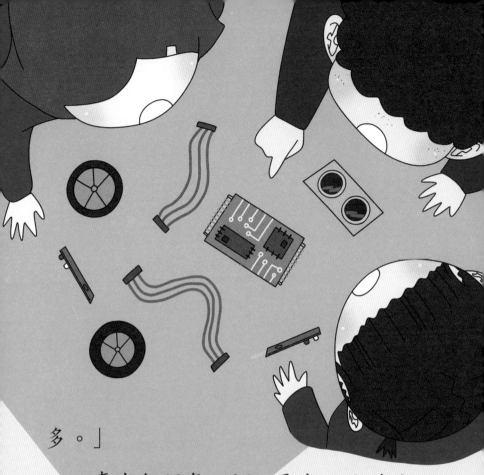

多。」

　　秦老師語氣一頓，取起一小塊方
形的電路板道：「不同的是，這次是
以全自動的方式操作，所以你們必須
使用這塊超聲波感應器。」

「超聲波感應器是什麼?」黃子祺皺着眉頭問。

秦老師還未回答,江小柔已經搶先說道:「我知道,它是利用超聲波訊號來測量物件之間的距離!」

「沒錯!」秦老師讚許地點點頭,「原理就好比蝙蝠飛行時會發出超聲波訊號,當遇到物件時,這些訊

號會反射回來，蝙蝠便能按照每次超聲波往返時間的長短，來評估自己與物件之間的距離。」

　　文樂心看到電路板上有兩個黑色的小圓筒，覺得有趣極了，忍不住嘻嘻一笑道：「喲，它們很像一對大眼睛呢！」

嘻嘻

秦老師笑着解釋道：「這對大眼睛，就是超聲波的發射及接收器啊！」

江小柔見到桌上有一塊嵌有兩盞黑白色小燈的小零件，不禁好奇地問道：「這塊小零件又有什麼作用？」

　　秦老師笑着回答道：「你別看它體形細小，其實是紅外線循跡感應器，能以發射紅外線的方式，追着貼在地面上的黑色線，從而讓機械人能跟着地上的黑線軌跡自動行走！」

望着這些專業的組件，黃子祺看得眉飛色舞：「這套組件比我們自製的機械人要強得多啊！」

秦老師點點頭道：「沒錯，你們要學的東西多着呢，你們要好好努力，爭取最佳成績啊！」

「我們一定會盡力的！」三人都鬥志激昂地説。

在往後的兩個月，每逢星期五放學後，他們都會到電腦室跟秦老師上訓練課，為比賽作好充分準備。

當中尤以黃子祺最為用心，不但把整個製作過程牢記於心，就連他最

不擅長的編程，也生吞活剝地把它們強記下來。

時間匆匆，很快便到了聯校機械人大賽舉行的那一天。

文樂心、江小柔和黃子祺很早便捧着全新製作的機械人，來到位於社區會堂的比賽場地。

這時雖然時間尚早，會堂內已經聚集了不少參賽隊伍。

會堂中央的地板上，貼着一張白色的大膠布，膠布上印有一條迂迴曲折的黑色賽道，並以紙板團團圍起來。

文樂心

指着賽道説道：

「這個應該就是比賽的賽

場吧！」

黃子祺立時緊張起來：「快，我

們先讓機械人走一圈，看看編程是否

有什麼需要修正的地方！」

　　「好主意啊！」正當文樂心捧着機械人欲走上前，有好幾支隊伍已搶先一步走了過去，擠在起點處練習起來。

　　猛然被人捷足先登，黃子祺有些氣悶地咕嚕：「人這麼多，我們怎麼練習啊！」

人這麼多，
我們怎麼練習啊！

「沒關係啦，大會不是提供了日常練習的賽道紙嗎？反正賽道都是差不多，我們在旁邊找個地方，略微測試一下機械人的功能是否如常運作就可以啦！」江小柔連忙安撫道。

「也只好如此吧！」黃子祺無奈地點點頭。

不一會，主持人宣布比賽正式開始：「是次比賽共分為兩部分，第一部分是指定賽，參賽隊伍須按照指定路線完成賽事；第二部分則是循線避障賽，當中還會有神秘任務，至於到底是什麼，我們稍後才再作公布。」

「會是什麼神秘任務？」江小柔擔心起來。

「所謂神秘任務，不外乎就是隨機避障、爬斜坡或清除障礙物等等，大不了就是改改編程而已，怕什麼？」文樂心氣定神閒地一笑。

黃子祺原本也有些緊張不安，但見文樂心如此從容，心頭頓時放寬不少：「沒錯，我們一定可以克服的！」

當進行第一部分的比賽時，黃子祺按照評判的指示，把安裝了超聲波及紅外線感應器的機械人放在賽道的起點，然後按動機械人頂部的按鈕，

機械人便自動跟着地面上的黑色賽道，快速地滑行起來。

無論有多迂迴的彎道，機械人都以飛快的速度完成了。

黃子祺交叉着雙手，滿意地笑道：「表現很不錯嘛！」

　　文樂心和江小柔也喜悅地笑着拍手。

拍着拍着，文樂心忽然臉色一變，彎腰捂住肚子呼痛。

　　黃子祺和江小柔都大驚失色：「心心，你怎麼了？」

第十一章 努力創奇蹟

就在第一回合的比賽接近尾聲時，文樂心的肚子突然一陣絞痛，令她不得不抱歉地說：「對不起啦，我得先去一趟洗手間呢！」

臉色蒼白的她剛語畢，也不待黃子祺和江小柔如何反應，便迫不及待地跑開了。

正當二人不知所措的時候，主持人宣布道：「第二部分的賽事，我們會在原有的軌跡上，隨機加入障礙物、垃圾及斜坡等難關，機械人必須

成功避開所有障礙物，並把指定的垃圾清離賽道。」

「聽起來好像挺難啊！」江小柔皺起眉頭。

主持人還接着說：「請注意，在比賽過程中，如機械人碰到障礙物或偏離賽道都會被扣分，我們已在會場旁邊預備了多個練習場，你們可以有半小時練習時間，半小時後比賽便會正式開始。」

黃子祺細心研究了一下賽道，搖搖頭道：「障礙物之間的距離太接近了，我們得修正一下編程，才能順利

避開障礙物啊！」

　　江小柔瞟了會堂的入口一眼，惶急地說：「心心還未回來，我對編程又不熟悉，怎麼辦？」

　　黃子祺深吸了一口氣道：「我來試試吧！」

　　「你？可以嗎？」江小柔猶疑地問。

你？可以嗎？

「幸虧之前我心血來潮，把這幾個功能的編程都記了起來，如今恰好可以派上用場呢！」他邊說邊捧着機械人來到電腦前，開始嘗試就避障及掃除垃圾等編程進行調整。

把編程修改完畢後，黃子祺便把
機械人放到練習場上試行，一發現機
械人的反應不對，便迅速進行修改。

　　半小時很快便過去，比賽馬上要
開始了。

　　黃子祺拿不準自己寫的編程到底
行不行，但已經沒有退路，只好狠狠
地一咬牙，把機械人放進賽道上去。

　　黃子祺和江小柔目不轉睛地盯着
機械人，每當見到它繞過障礙物時那
搖搖晃晃的樣子，一顆心也不由地跟
着晃動。

　　當機械人經過重重障礙，順利

爬上斜坡，成功把垃圾推到指定位置
後，二人才如釋重負地相視而笑，對
於機械人能順利走畢全程，已經心滿
意足了！

然而，當主持人公布結果時，他們竟然聽到這樣一句話：「獲得這次比賽的季軍隊伍，是『藍天小學』！」

　　黃子祺和江小柔都不禁一怔，疑惑地對望了一眼：「他是說『藍天小學』嗎？」

　　偏巧這時文樂心從外趕回來，恰好聽到「藍天小學」幾個字，心頭頓時一震，忙一臉誠惶誠恐地上前問道：「什麼回事？怎麼主持人在喊『藍天小學』？」

　　聽到她有此一問，黃子祺和江小柔這才敢確定是真的，頓時激動地衝

到文樂心面前，雀躍地歡呼道：「我們得獎了呢！」

文樂心原本為自己的突然離開而深感愧疚，如今得知竟然奇蹟般獲獎，更是欣喜若狂：「耶，太好了！」

我們得獎了呢！

第十二章

誠實的孩子

隔天回到學校，班上的同學都很替他們高興。

吳慧珠和謝海詩一見到文樂心和江小柔，便歡天喜地的迎上前去，牽着她們的手，連聲祝賀道：「恭喜唷，你們都很厲害呢！」

江小柔搔了搔頭，有些不好意思地笑着説：「這次其實真的很驚險，全靠黃子祺處變不驚，我們才得以順利完成賽事呢！」

吳慧珠和謝海詩驚訝地問：「到

底是怎麼回事？」

文樂心當下便把自己在比賽時突然不適離隊，隊友江小柔和黃子祺如何支撐大局，然後黃子祺又如何臨危不亂地完成比賽的經過，繪聲繪色地描述出來。

得知這次比賽獲獎的功臣原來是黃子祺，大家都對他刮目相看。

吳慧珠佩服地說：「黃子祺，你最棒了！」

高立民和胡直也朝他豎起大拇指讚道：「做得好！」

就連原本對黃子祺很不滿的周志

明，也認同地點了點頭道：「這才是頂天立地的男子漢嘛！」

　　黃子祺見大家終於願意再次接受自己，心裏自然是喜滋滋的，但也不

忘謙讓地擺擺手笑道：「我只是盡力而為啦！」

如此這般，黃子祺和同學們的關係，總算回復到作弊風波前的狀態。

一天午飯後，高立民、文樂心、吳慧珠和胡直等同學捧着電子手帳，向人工智能程式詢問：「水和冰誰最

厲害？」、「坐高速鐵路到深海裏探訪鯊魚，需時多久？」等既古怪又無聊的問題。

　　大家一面讀出答案，一面嘻嘻哈哈地笑作一團。

　　正當大家玩得忘形的時候，徐老師忽然從外走了進來。

　　大家立時收起手帳，並迅速作鳥

獸散。

　　然而，精明的徐老師一看便察覺

有異，立刻掃了高立民等人一眼，問

道：「你們鬼鬼祟祟的在幹什麼？」

霎時間，大家都鴉雀無聲地低垂着頭。

黃子祺本來想張口說什麼，但見大家都默不作聲，只好勉強把要說的話嚥回肚子裏去。

徐老師瞟了他一眼問道：「黃子祺，你是有什麼話想說嗎？」

聽到徐老師點了自己的名字，黃子祺只好站起身來，如實地告訴她道：「剛才我們是在用人工智能聊天程式玩問答遊戲。」

「我不是囑咐過大家，沒有老師

或長輩在旁，不可隨意使用這個程式嗎？」徐老師把視線落在高立民等人身上，冷冷地命令道：「剛才玩遊戲的同學，在往後一個月的午飯時段，都得把電子手帳交給我暫時保管，以示懲罰！」

待徐老師離開後，大家都一個勁的埋怨黃子祺：「都是你，你怎麼能把事情告訴老師啊！」

黃子祺一臉委屈地攤了攤手道：「你們不是說要我做個誠實的孩子嗎？徐老師向我查問，我當然不能撒謊啊！」

鬥嘴一班學習系列

- 每冊包含《鬥嘴一班》系列作者卓瑩為不同學習內容量身創作的 全新漫畫故事，從趣味中引起讀者學習不同科目的興趣。

- 學習內容由 不同範疇的專家和教師 撰寫，給讀者詳盡又扎實的學科知識。

本系列圖書

中文科
漫畫故事創作：卓瑩
學科知識編寫：宋詒瑞

成語

錯別字

兩冊分別介紹成語的解釋、典故、近義和反義成語；以及 常見錯別字的辨別方法、字義、組詞和例句，並提供相應練習，讓讀者邊學邊鞏固知識！

英文科
漫畫故事創作：卓瑩
學科知識編寫：Aman Chiu

精心設計 36 個英文填字游戲，依照生活篇、社區篇、知識篇三類主題分類，系統地引導學習，幫助讀者輕鬆掌握英文詞語。

常識科
漫畫故事創作：卓瑩
學科知識編寫：新雅編輯室

最新出版

配合小學常識科課程的範疇，帶出不同的常識主題，幫助讀者輕鬆溫習常識科內容。

數學科
漫畫故事創作：卓瑩
學科知識編寫：程志祥

精心設計 90 道訓練數字邏輯、圖形與空間的數學謎題，幫助讀者開發左腦的運算能力和發揮右腦的創造潛能。

各大書店有售！　　　　　　定價：$78 / 冊

鬥嘴一班 30
人工智能大考驗

作　　者：卓瑩
插　　圖：Alice Ma
責任編輯：張斐然
美術設計：徐嘉裕
出　　版：新雅文化事業有限公司
　　　　　香港英皇道 499 號北角工業大廈 18 樓
　　　　　電話：(852) 2138 7998
　　　　　傳真：(852) 2597 4003
　　　　　網址：http://www.sunya.com.hk
　　　　　電郵：marketing@sunya.com.hk
發　　行：香港聯合書刊物流有限公司
　　　　　香港荃灣德士古道 220-248 號荃灣工業中心 16 樓
　　　　　電話：(852) 2150 2100
　　　　　傳真：(852) 2407 3062
　　　　　電郵：info@suplogistics.com.hk
印　　刷：中華商務彩色印刷有限公司
　　　　　香港新界大埔汀麗路 36 號
版　　次：二〇二三年十月初版

ISBN 978-962-08-8279-1
© 2023 Sun Ya Publications (HK) Ltd.
18/F, North Point Industrial Building, 499 King's Road, Hong Kong
Published in Hong Kong SAR, China
Printed in China